BERNICE MYERS

¡Este OSO, no!

A mi nieta amorosa, Olivia
—B. M.

© 2016, Editorial Corimbo por la edición en español
Av. Pla del Vent 56, 08970 Sant Joan Despí (Barcelona)
corimbo@corimbo.es
www.corimbo.es

Traducción al español de Ana Galán
1ª edición noviembre 2016

Texto e ilustraciones copyright © 1967 Bernice Myers
Publicado por Two Lions, New York
Título original: Not this bear!
Esta edición ha sido posible gracias al acuerdo de licencia
con Amazon Publishing, www.apub.com

Impreso en Barcelona
Depósito legal: B 20575-2016
ISBN: 978-84-8470-551-2

ESCRITO E ILUSTRADO POR BERNICE MYERS

¡Este OSO, no!

Corimbo

El pequeño Germán
fue a visitar a su tía
Gertrudis. Se bajó en la última
parada del autobús,
pero todavía tenía que
caminar un poco hasta
llegar a la casa de su tía.

Hacía mucho,
muchísimo frío.

Germán se abrigó
bien y se tapó
con su abrigo
largo de PIEL.

Después se caló
su gorro grande
de PIEL hasta
la nariz.

Parecía un oso,
lo que tiene gracia
porque eso fue
exactamente lo que
pensó un oso
que pasaba por allí.

—¡TÚ DEBES DE SER MI PRIMO JULIÁN!
—dijo el oso.

El oso agarró a Germán de la mano
y se lo llevó corriendo a su cueva.

—¡MIRAD A QUIÉN ME HE
ENCONTRADO EN EL BOSQUE!
—gritó.

Todos los osos salieron a saludar
a Germán y le dieron un montón
de besos y lametones.
—¡PRIMO JULIÁN, PRIMO JULIÁN!
—gritaron.

—Me llamo Germán
—dijo Germán.

Pero los osos estaban
tan emocionados que
nadie lo oyó.

—No soy un oso...
—dijo Germán.

—LA CENA ESTÁ LISTA
—llamó la mamá osa.

—TODOS A LA MESA. PRIMO JULIÁN,
TÚ TE SIENTAS AHÍ.

Cuando la mamá osa sirvió la sopa,
los osos la lamieron con la lengua.

Pero Germán, no. Sacó una cuchara
que llevaba casualmente en el bolsillo
y se tomó la sopa a cucharadas con
mucha educación.

Cuando sirvieron las verduras, Germán
las comió con un tenedor que también
llevaba casualmente en el bolsillo.

Los osos lo miraban maravillados.

—¡PERO MIRA QUÉ PRIMO MÁS
LISTO QUE TENGO! —dijo el
Gran Oso Pardo mirando
a Germán—. SABE HACER
TRUCOS INCREÍBLES.

Todos los osos aplaudieron
como si hubieran visto
un espectáculo del circo.

Pobre Germán.

Él no era un oso.

Él era un niño pequeño.

Estaba convencido de ello.

Pero los osos también
estaban convencidos
de que Germán era su
primo Julián.

"Está bien —pensó
Germán—. ¡Les demostraré
que soy un NIÑO normal
y corriente!"

Empezó a CANTAR

y a BAILAR

y a SILBAR.

Se ATÓ
los cordones,

se PUSO de cabeza.

Hizo todas esas
cosas que saben
hacer los NIÑOS.

Pero era inútil. Hiciera lo que hiciera, los osos seguían pensando que Germán era un oso y cuando hacía un truco nuevo, aplaudían cada vez más fuerte.

—¿VES? ESO ES LO QUE PASA CUANDO UN OSO VA A LA CIUDAD Y APRENDE UN BUEN OFICIO —dijo el papá oso.

—QUÉ LISTO ES NUESTRO PRIMO
—repitió el Gran Oso Pardo. Después bostezó y se metió en la cueva.

El Gran Oso Pardo miró al cielo y anunció que había llegado ese momento del año: el invierno.

—DESPUÉS DE ESTA CENA QUE NOS HA PREPARADO MAMÁ, YA NO TENDREMOS QUE COMER NADA MÁS HASTA LA PRIMAVERA —dijo.

Los osos se prepararon para ir a dormir.

—Y AHORA, TODOS A DORMIR
POR LO MENOS DOS MESES
—dijo el Gran Oso Pardo.

—¡Dos meses! —dijo Germán—.
Yo solo duermo por las noches.
Durante el día salgo a jugar.
¡No pienso dormir todo el invierno!

—PERO ESO ES LO QUE
HACEN TODOS LOS OSOS
—dijo bebé oso.

—Pues ESTE oso, no
—contestó Germán—.
A mí me gusta el invierno.

—LE GUSTA EL INVIERNO
—dijeron los osos sorprendidos.

—Sí, me gusta el invierno.

Me gusta ir en trineo y patinar.

Me gusta hacer muñecos de nieve
y beber chocolate caliente con nata.

Me gusta hacer guerras de bolas
de nieve con mis amigos y dejar
huellas enormes en la nieve.

Y además, tengo que ir al colegio.

Cuando Germán terminó de hablar,
todos se quedaron en silencio.

Por fin, el Gran Oso Pardo habló.
—OYE, A LO MEJOR NO ERES UN OSO.
DE HECHO, AHORA QUE TE MIRO BIEN,
NI SIQUIERA TIENES NARIZ DE OSO.

—¡MIRAD! —exclamó otro oso quitándole a Germán el abrigo y el gorro—. NO ES UN OSO.

Y ahí se quedó el pobre
Germán, temblando de frío
en medio de la cueva.

—¿Veis? SOY un niño
—dijo.

Papá oso se tiró al suelo muerto de risa.

—ESE TRUCO SÍ QUE ES BUENO.
CONSEGUISTE ENGAÑARNOS A TODOS.

Germán se puso su gorro
de piel y su abrigo de piel
y se despidió de los osos.

—VUELVE A VISITARNOS EN PRIMAVERA
—dijeron los osos bostezando.

—Lo haré —contestó Germán, aunque solo lo dijo por educación.

Germán se puso de nuevo en camino en dirección a la casa de su tía Gertrudis.

Cuando llegó al límite del bosque,
apareció un oso grande y negro
detrás de un árbol.

El oso empezó a correr detrás de
Germán y gritó:
—PRIMO BERNARDO, PRIMO BERNARDO...

Pero Germán corrió a toda velocidad
y consiguió salir del bosque.

Germán llegó a casa de su tía
Gertrudis. Estaba muy feliz.

Y su tía Gertrudis también estaba
muy feliz de ver a Germán.

PREGUNTAS
PARA COMENTAR EL LIBRO

1. Si TÚ pudieras dibujar la portada de este libro, ¿cómo la harías?

2. ¿Alguna vez te han confundido con otra persona? ¿Cómo te sentiste en ese momento?

3. ¿Qué más podría haber hecho Germán para demostrar a los osos que él no era un oso? ¿Qué habrías hecho TÚ?

4. Germán llevaba un tenedor y una cuchara en el bolsillo. ¿Qué llevas TÚ en el bolsillo?

5. A Germán le gusta hacer muchas cosas en invierno. ¿Qué te gusta hacer a TI?